Dados Internacionais de Catalogação na Publicação (CIP)
(Câmara Brasileira do Livro, SP, Brasil)

Sousa, Mauricio de
Contos de Andersen, Grimm e Perrault / por
Mauricio de Sousa [adaptação de textos e layout
Robson Barreto de Lacerda]. -- Barueri, SP :
Girassol, 2008. -- (Coleção turma da mônica)
Título original: Cuentos de Andersen, Grimm y Perrault
Vários ilustradores

ISBN 978-85-7488-713-5
1. Contos - Literatura infanto-juvenil
I. Andersen, Hans Christian, 1805-1875. II. Grimm,
Jacob, 1785-1863. III. Grimm, Wilhelm, 1786-1859.
IV. Lacerda, Robson Barreto de. V. Perrault,
Charles, 1628-1703 . VI. Título. VII. Série.

08-02316   CDD-028.5

Índices para catálogo sistemático:

1. Contos : Literatura infantil 028.5
2. Contos : Literatura infanto-juvenil 028.5

GIRASSOL
Girassol Brasil Edições Ltda.

Al. Pucuruí, 51-59 - Bloco B
1º andar - Conj. 1010 - Sala 2
Tamboré - Barueri - SP - 06460-100
leitor@girassolbrasil.com.br
www.girassolbrasil.com.br

Direitos desta edição no Brasil reservados
à Girassol Brasil Edições Ltda
Direção Editorial: Karine Gonçalves Pansa
Editora: Maria Luisa de Abreu Lima Paz
Assistente Editorial: Cláudia A. Sanches
Orientação Psicopedagógica: Paula Furtado

Impresso no Brasil

Estúdios Mauricio de Sousa

Presidente: Mauricio de Sousa
Diretoria: Alice Keico Takeda,
Marcelo Gomes, Márcio R. A. Souza,
Mônica S. e Sousa,
Yara Maura Silva.

Gerente Editorial e Multimídia
Rodrigo Paiva

Direção de Arte
Alice Keico Takeda

Editor
Sidney Gusman

Adaptação de Textos e Layout
Robson Barreto de Lacerda

Editor de Arte
Mauro Souza

Coordenação de Arte
Irene Dellega

Ilustrações e Cenários
Ana Queila Galli, Zazo Aguiar,
Mariangela Saraiva Ferradás,
Mauro Souza.

Desenhos
Denis Yoshiaki Oyafuso, Emy T. Y. Acosta,
José Márcio Nicolosi.

Arte-final
Cristina H. Ando,
Marco Antonio de Oliveira,
Romeu Takao Furusawa,
Wagner Bonilla Mendonça.

Designer Gráfico e Diagramação
Mariangela Saraiva Ferradás

Pesquisa
Flávia Mauricio

Revisão
Ivana Mello

Supervisão Geral
Mauricio de Sousa

EDITORA

R. do Curtume, 745 - Bloco F - Lapa
São Paulo - SP - CEP 05065-001
Tel.: (11) 3613-5000

www.monica.com.br

em

Contos de Andersen, Grimm e Perrault

por

Mauricio de Sousa

GIRASSOL

MAURICIO DE SOUSA EDITORA

Contos de Andersen

por
Mauricio de Sousa

A Pequena Sereia

uito longe da terra, onde o mar é de um azul muito forte e as âncoras dos navios não conseguem alcançar o fundo, vivia o povo do mar. O rei do mar era viúvo e morava com suas seis filhas no castelo que ele mesmo havia construído, no lugar mais profundo do oceano.

As filhas do rei eram sereiazinhas encantadoras, que adoravam ouvir as histórias que a avó contava sobre o mundo lá de cima, habitado pelos homens.

A mais jovem das sereias era a mais curiosa e encantada com as histórias sobre o mundo terrestre e adorou saber que as flores na terra eram perfumadas, diferente das que cresciam no fundo do mar.

– Quando você tiver 15 anos – dizia a avó – subirá à superfície e poderá sentar-se nos rochedos para ver o luar, os navios, as cidades e sentir o perfume das flores.

Para a pequena sereia esse dia especial parecia
nunca chegar. Ela acompanhava os quinze anos de
cada uma das suas irmãs, ansiosa para que o seu
dia chegasse, e escutava atenta o relato de cada uma
delas sobre tudo que viam.

Eram tantas as novidades, que só aumentava o desejo
da pequena sereia de conhecer aquele mundo.

Os anos se passaram e quando a jovem completou quize anos, finalmente subiu à superfície. Bem na hora do pôr do sol. Ela ficou maravilhada com o que viu. Avistou um grande navio com três mastros. O céu escureceu e, no barco, foram acesas centenas de lanternas coloridas. A pequena sereia se aproximou da embarcação e viu os marinheiros dançando e os passageiros ricamente trajados.

Então, um jovem príncipe apareceu e fogos de artifício foram disparados. A pequena sereia mergulhou assustada.

Quando colocou a cabeça para fora da água novamente, ficou encantada com a beleza do príncipe, que fazia aniversário naquele dia.

A sereiazinha ficou admirando o príncipe por um
tempão e só se deu conta disso quando o navio
foi pego de surpresa por uma tempestade e começou
a tombar.

A sereia viu o príncipe cair no mar e lembrou que
os homens não conseguem viver dentro da água.
Então, mergulhou em sua direção e o alcançou.
O jovem príncipe estava desmaiado. Ela o segurou
firmemente, mantendo a cabeça dele para fora da
água, e flutuou com ele até a praia.

Quando amanheceu e o sol surgiu brilhante, o príncipe continuava desacordado. A pequena sereia, vendo que um grupo de moças se aproximava, entrou no mar e nadou até alguns rochedos, onde se escondeu para observá-los.

As jovens viram o príncipe deitado na areia e foram buscar ajuda. Quando acordou, o príncipe não sabia direito como havia chegado àquela praia, mas lembrava vagamente do rosto de uma bela jovem, que o havia ajudado.

A pequena sereia voltou para o castelo. Estava triste e calada. Suas irmãs ficaram preocupadas e ela acabou contando o que havia acontecido. Uma das amigas da princesa conhecia o príncipe e sabia onde ele morava. A jovem ficou feliz e passou a nadar todos os dias até a praia onde ficava o palácio do belo rapaz, só para vê-lo.

A princesa queria saber mais sobre os homens e perguntou à sua avó se eles morriam.

– Sim, morrem como nós. A diferença é que eles vivem menos, enquanto nós podemos viver até trezentos anos. Quando "desaparecemos", somos transformadas em espuma e nossa alma não é imortal. A diferença dos humanos é que eles têm uma alma que vive eternamente.

– Eu daria tudo para ter a alma imortal como a dos humanos! – disse a sereiazinha.

– Se um homem a amar, você ganhará uma alma igual a dele. Mas isso jamais acontecerá! Sua cauda de peixe, que para nós é um símbolo de beleza, é considerada um defeito na terra.

A pequena sereia estava triste por causa da sua cauda e resolveu procurar a Bruxa do Mar. Ela desejava ter um par de pernas. A bruxa então lhe falou:

— É uma loucura querer ter pernas, mas mesmo assim, vou preparar uma poção. Depois de tomá-la, nunca mais poderá voltar à forma de sereia. E, se o seu príncipe se casar com outra, você não ganhará uma alma imortal e morrerá no dia seguinte.

– Pronto, aqui está a poção, mas antes de entregá-la, aviso que o preço por este trabalho é alto. Quero a sua linda voz como pagamento. Você nunca mais poderá falar ou cantar – disse a bruxa malvada.

A princesa quase desistiu, mas pensou no seu príncipe e tomou a poção. Quando o líquido começou a fazer efeito, ela sentiu-se mal e desmaiou.

Quando acordou, a jovem estava nos braços do príncipe, sendo levada para o seu castelo. O rapaz perguntou quem era ela, mas a jovem não pôde responder. A beleza da moça encantou o príncipe e ela passou a acompanhá-lo em todos os lugares. Só que o príncipe não pensou em se casar com ela, pois ainda tinha esperança de encontrar a linda moça que ele vira após o naufrágio.

A família do príncipe queria que ele se casasse com a filha de um rei muito rico. Por isso organizou uma viagem para apresentá-los.

A pequena sereia acompanhou o príncipe e os familiares dele. Seria o fim da sereiazinha? Todo o seu sacrifício havia sido em vão? Depois de conhecer e jantar com a família do rei, o príncipe voltou para o palácio com a sua família e a pequena sereia.

Cansado da viagem, o príncipe caiu no sono e, ao acordar na manhã seguinte, notou que uma linda jovem o estava observando. Era a pequena sereia. Ele então se lembrou dela e percebeu que era aquela a mulher com quem deveria se casar.

E os dois foram muito felizes, depois que ela conseguiu demonstrar todo o seu amor, mesmo sem dizer uma única palavra.

A Polegarzinha

*E*ra uma vez uma mulher que desejava muito ter um filho. Ela imaginava como seria maravilhoso ser mãe. Um dia, encontrou uma fada e pediu que ela realizasse seu sonho.

A fada deu a ela um grão de cevada especial para que o plantasse. Depois de alguns dias, brotou uma bela flor, parecida com uma tulipa. A flor desabrochou e no seu interior apareceu uma minúscula menina, do tamanho de um dedo polegar.

Ela ficou conhecida como Polegarzinha e dormia num berço feito da casca de uma noz. O colchão era forrado por pétalas de violeta e o cobertor era uma pétala de rosa.

Uma noite, enquanto a Polegarzinha dormia, entrou no quarto um sapo muito feio, enorme e viscoso, que saltou para a mesa onde estava a menina e disse:

– Que linda esposa para o meu filho!

O sapo, então, a levou para o pântano, onde vivia. Na manhã seguinte, ao acordar, a menina viu que estava no meio do pântano e começou a chorar. Então, o velho sapo nadou com o filho até a folha onde a Polegarzinha se encontrava e disse:

– Preparei uma linda casa no fundo do pântano para você morar com o meu filho.

A Polegarzinha começou a chorar, pensando no casamento com o horroroso filho do sapo.

Os peixinhos ouviram tudo e, curiosos, saíram à procura da pequena. Quando a encontraram, acharam a menina tão graciosa que resolveram ajudá-la a sair dali.

Cortaram o caule que segurava a folha onde ela estava e a empurraram para bem longe.

Uma linda borboleta voou em volta da Polegarzinha
e pousou sobre a folha para admirá-la melhor.
A Polegarzinha agradeceu aos seus novos amiguinhos
peixes, que já estavam cansados, e prendeu uma
ponta do seu cinto na borboleta e a outra ponta
na folha. Puxada pelo inseto, a folha deslizou
rapidamente sobre a água.

De repente, apareceu um grande besouro e pegou a jovem. Ele a levou para o alto de uma árvore, mandou que ela sentasse sobre a maior folha, ofereceu suco de flores e elogiou muito a sua beleza. Outros besouros que habitavam a mesma árvore vieram visitá-lo e, ao vê-la, abanaram as antenas e disseram:

– Ih! Ela só tem duas pernas! E nem sequer tem antenas. Como é feia!

A Polegarzinha era encantadora, mas o besouro acabou se convencendo de que ela era, no mínimo, esquisita e mandou a garota descer da árvore no mesmo instante.

A Polegarzinha passou o verão e depois o outono sozinha na grande floresta. Ela se alimentava do suco das flores e bebia o orvalho que, pela madrugada, caía sobre as folhas.

Chegou o inverno e os pássaros partiram para outros lugares. As árvores ficaram nuas, as flores murcharam e a folha que lhe serviu de teto enrolou-se, seca e amarela.

A pobre menina sofria com o frio e as suas roupas já estavam virando farrapos. Começou a nevar e a Polegarzinha gelava ainda mais.

Pra lá da floresta, havia uma grande plantação de trigo. A Polegarzinha a atravessou e chegou à casa da rata do campo. Bateu na porta e, faminta, pediu um grão de trigo. A rata ficou com pena da pequena jovem e disse:

– Venha passar o inverno comigo. Eu lhe darei comida e, em troca, você pode limpar a casa.

A Polegarzinha aceitou na hora.

Alguns dias depois, a ratinha contou que tinha um vizinho muito rico, que possuía grandes galerias sob a terra e usava uma vistosa capa de veludo, mas era muito solitário.

O vizinho era o senhor Toupeira, que falou da sua riqueza, mas não sabia falar sobre as flores e sobre o sol, pois nunca os tinha visto. A Polegarzinha começou a cantar e o senhor Toupeira, encantado com a sua voz, quis logo se casar com ela. Só que não disse nada naquele momento.

Para agradar às suas vizinhas, o senhor Toupeira as convidou para um passeio pelas suas galerias, recomendando que não se assustassem com uma ave morta que estava no caminho desde o princípio do inverno. A Polegarzinha viu que se tratava de uma bela andorinha.

– Esta não cantará mais. Que infelicidade nascer pássaro, uma criatura que tem por única riqueza o seu canto e no inverno morre de fome – disse o senhor Toupeira.

– Talvez seja a mesma que ouvi cantar durante o verão! – pensou a Polegarzinha.

À noite, a jovem foi até a ave morta, chegou bem pertinho dela e colocou o ouvido em seu peito. Levantou-se imediatamente, muito assustada, pois ouviu o coração da ave bater levemente. A andorinha estava apenas desmaiada. Então, Polegarzinha foi buscar uma caneca de chocolate bem quentinho e ajudou a pobre ave a beber. Na noite seguinte, voltou e a encontrou sentadinha, mas muito fraca.

– Agradeço muito, gentil mocinha – disse a ave. – Dentro de pouco tempo, recuperarei todas as minhas forças e conseguirei voar na direção dos raios de sol.

Durante todo o inverno, às escondidas da rata e do senhor Toupeira, a Polegarzinha tratou da andorinha com todo o carinho. Quando a primavera chegou, a ave a convidou para ir com ela, mas a menina recusou, pois se aceitasse o convite, causaria desgosto à velha ratinha.

Então, viu partir a andorinha com lágrimas nos olhos. A sua tristeza era grande porque não podia sair para se aquecer ao sol.

O senhor Toupeira acabou pedindo a jovem em casamento. A rata do campo contratou quatro aranhas, que teceram noite e dia lindas peças para o enxoval. O noivo as visitava todas as noites, falando sobre os inconvenientes do verão, que tornava a terra ardente e insuportável para ele. Assim, combinaram que o casamento se realizaria no final da estação.

Chegou o outono e o enxoval ficou pronto. A menina, então, começou a chorar porque não queria se casar com o senhor Toupeira.

O dia do casamento chegou e o senhor Toupeira apresentou-se para levar a noiva que, dali em diante, deveria viver debaixo da terra, sem voltar a ver o sol por toda a vida.

– Adeus, sol! Estou condenada a viver longe dos seus raios – disse a Polegarzinha, muito triste.

Ela deu alguns passos no campo, beijou uma flor vermelha e ouviu um piado. Olhou para cima e viu a andorinha que passava. A ave desceu rapidamente e pousou junto da sua amiguinha que, chorando, lhe contou que não queria casar com o senhor Toupeira.

– O inverno está chegando – disse a andorinha. – Vou partir para as regiões quentes. Venha comigo! Iremos para lá das montanhas, onde o verão e as flores duram o ano inteiro.

A Polegarzinha sentou-se sobre a andorinha, que levantou voo e atravessou a floresta, o mar e as altas montanhas cobertas de neve. Finalmente chegaram às regiões quentes e a ave parou perto de um lago azul.

A andorinha colocou a jovem em cima de uma enorme flor perfumada, e qual não foi seu espanto quando ela viu um homenzinho transparente como o cristal, ali sentado. Trazia na cabeça uma coroa de ouro e um par de asas brilhantes. Era o rei das flores.

– Como ele é bonito! – comentou Polegarzinha, em voz baixa.

O rei achou a jovem linda e a pediu em casamento. Os súditos do rei saíram das flores onde viviam e trouxeram presentes maravilhosos para a Polegarzinha. O mais belo foi um par de asas transparentes que pertenceram a uma grande libélula branca. Agora, a jovem podia voar.

– Adeus! Sejam felizes! – disse a andorinha, indo embora para sempre.

O Soldadinho de Chumbo

$\mathcal{F}$ azia tempo que Pedro desejava ganhar uns soldadinhos de chumbo. Queria colocá-los em fila, como aqueles soldados do quartel. Seu aniversário estava chegando e pediu aos céus que alguém lhe desse esse presente.

Como era um bom menino, os céus escutaram o seu pedido e, no dia de seu aniversário, seu padrinho o presenteou com uma caixa de soldadinhos de chumbo.

Quando Pedro pegou a caixa em suas mãos, subiu
correndo para o seu quarto e ali, sozinho, fechando
a porta, abriu o presente.

No meio do papel de seda verde havia soldadinhos
com vistosos uniformes, todos reluzentes, com seus
fuzis brilhantes ao ombro. Mas, entre tantos soldadinhos
elegantes, havia um que não possuía uma perna.

– Que pena! – pensou Pedro. – Um soldado tão
bonito, e perneta...

Pedro tinha muitos brinquedos: um urso de pelúcia com seus redondos olhos negros; um macaco de corda que dava gritos e pequenos saltos; um palhaço que dava cambalhotas e piruetas em volta de uma barra de aço; uma locomotiva; uma caixa de surpresas e uma bailarina de cera com um saiote de papel. Mas agora preferia seus soldadinhos de chumbo e com eles brincava de desfiles e de guerra.

Um dia, soprou uma rajada de vento que fez a cortina voar para fora da janela. Ela se enroscou no soldadinho perneta e o arrastou, fazendo-o cair na rua.

Pedro desceu as escadas correndo para tentar salvar seu soldadinho, que havia caído sobre um pequeno monte de areia. Mas, como caiu de cabeça, ficou enterrado até o joelho, só com a perna de fora.

Por isso, Pedro não viu o soldadinho e voltou desolado para o seu quarto. Sua dor e pena eram compartilhadas pela bailarina de cera. Foi ela quem mais sentiu falta do soldadinho, que a olhava com doçura e um raro brilho no olhar.

Dois meninos que iam para a escola viram a perna do soldadinho junto ao monte de areia. Eles o ergueram, limparam e viram que era muito bonito.

– Epa! Este soldadinho não tem uma perna! – disse um dos meninos, com desprezo. – Assim não vale nada, porque um soldado não pode ser perneta! Vamos deixá-lo enterrado aqui!

– Não! – exclamou o outro menino. – Vamos colocá-lo num barco e deixá-lo ir para onde quiser, viver sua aposentadoria. Afinal, ele pode ter sido um bravo soldado.

Fizeram um barco de papel, colocaram o soldadinho e soltaram em um pequeno canal.

O soldadinho não ficou tão triste ao se ver num barco, mesmo sendo de papel. Talvez fosse parar em uma ilha estrangeira, onde alguém, compadecido, o tiraria do barco e o acolheria em seu lar.

E, sem saber por que, lembrou-se da bailarina de cera que costumava olhar para ele.

O barquinho foi navegando rio abaixo até chegar
ao esgoto e seguiu por ele até o mar.

Então, o barquinho virou e o soldadinho foi parar
no fundo do mar. Peixes de todos os tamanhos e
cores se assustaram ao ver aquele estranho objeto
brilhante e colorido, pois não sabiam o que era.

Uma grande corvina se aproximou do soldadinho
e o engoliu de uma só vez.

Quando abriu os olhos, ele estava num lugar mais escuro que o esgoto. Mas a barriga da corvina não conseguiu digerir o chumbo do pobre soldadinho.

– Onde é que eu vou parar? – pensou o soldadinho, aflito. – Acho que desta vez será meu fim... – e se lembrou da linda bailarina de cera.

Nisso, uns pescadores lançaram sua rede ao mar e, junto com outros peixes, pescaram também a velha corvina, que foi vendida no mercado a uma cozinheira. Justamente a cozinheira que trabalhava na casa de Pedro.

Ela abriu o peixe e, surpresa, encontrou o soldadinho de chumbo em sua barriga.

– Parece um dos soldadinhos do Pedro! – exclamou a cozinheira.

Ela lavou bem o soldadinho, o colocou sobre a mesa e foi dar a notícia a Pedro. O menino correu até a cozinha e viu que haviam tirado o seu soldadinho perneta da barriga do peixe.

Pedro levou novamente o soldadinho para o quarto dos brinquedos. Ao vê-lo, a bailarina de cera olhou para ele com os olhos cheios de lágrimas.

Assim que Pedro saiu do quarto, o soldadinho e a bailarina ficaram olhando um para o outro. Queriam conversar, mas os brinquedos só podem se mexer e ganhar vida depois da meia-noite.

Quando o relógio bateu as doze badaladas, os brinquedos fizeram uma festa. O macaco saltou com mais graça e rapidez. O urso dançou. A locomotiva apitou alegremente. O palhaço deu as piruetas mais engraçadas de sua vida de brinquedo. O soldadinho foi saltando sobre seu único pé e fez uma reverência diante da bailarina de cera, que olhou para ele com seus belos olhos negros e sorriu.

Os dois se abraçaram bem forte, sentaram no chão e o soldadinho contou a ela as aventuras pelas quais havia passado. Quando terminou, a linda bailarina derramava lágrimas de emoção...

A mando de um oficial, os outros soldadinhos de chumbo entraram em formação e apresentaram as armas diante do casal, que estava de mãos dadas.

O oficial gritou "Sentido!", e depois "Descansar!".
Em seguida, aproximou-se do casal, deu-lhes a mão
e convidou-os a dançar. A linda bailarina sorriu e,
em silêncio, olhou para a única perna do soldadinho.
O bravo soldado não podia dançar.

Então, o soldadinho se aproximou de seu oficial
e pediu que dançasse com sua prometida. O oficial
passou o braço pela cintura da bela bailarina e
começaram a dançar. E assim prosseguiu a festa,
comemorando o enlace matrimonial do soldadinho
de chumbo e da linda bailarina de cera.

A Roupa Nova do Rei

á muitos e muitos anos, havia um rei extremamente vaidoso, que só se preocupava em se vestir com roupas caras e elegantes.

Certo dia, dois viajantes chegaram à capital do reino e, sabendo da vaidade do rei, espalharam a notícia de que eram mestres em tecer um pano

especial, de cores e padrões únicos que, segundo eles, também era invisível para pessoas tolas e incompetentes.

O rei logo se animou com a ideia de ter roupas que, além de belas, também seriam úteis para desmascarar aqueles que não mereciam cargos importantes e de confiança na corte.

Então, o rei mandou chamar os viajantes, entregou aos dois uma boa soma em dinheiro e ordenou que começassem a tecer uma roupa para ele.

– Majestade, precisamos de uma sala, um tear, fios de seda e ouro – disse um deles.

Uma hora depois, estavam diante do tear, fingindo tecer sem parar. E assim continuaram por muitos dias, pedindo cada vez mais seda, mais ouro e mais dinheiro.

Como o rei estava curioso, um dia resolveu enviar o primeiro-ministro para inspecionar a obra dos tecelões.

– Ele é um ministro sábio e fiel. Com certeza, conseguirá ver esse tecido tão extraordinário e nada me esconderá – pensou o rei.

Quando o sábio ministro chegou em frente ao tear, nada viu. Ficou em dúvida, preocupado. Aos falsos tecelões que perguntavam com insistência se o padrão do tecido era de seu agrado e se as cores se harmonizavam, ele respondia entusiasmado:

– Mas é claro! Magnífico! Nunca vi coisa igual na vida!

O ministro levou ao conhecimento do rei os progressos da confecção e elogiou o bom gosto dos dois profissionais. Ele nunca admitiria ter olhado para um tear vazio.

Na cidade só se falava da nova roupa do rei, que possuía poderes mágicos para desmascarar ministros e secretários tolos e incompetentes.

Na corte, muitos impostores e aproveitadores não dormiam tranquilos e aguardavam com temor o momento em que o rei iria vestir a tão famosa roupa.

Depois de cinco ou seis dias, o rei, ansioso, resolveu visitar os tecelões, acompanhado pelo primeiro-ministro e pelo seu conselheiro. Quando entraram no quarto de costura, o velho ministro disse com voz trêmula:

– Majestade, observe a extraordinária beleza e perfeição do tecido!

O monarca nada via, além de um tear vazio. Isso queria dizer que ele não era digno de ser rei, pensou imediatamente.

– É realmente uma beleza! Um trabalho e tanto – concordou ele, enfim, meio sem graça.

Nenhum membro da corte iria confessar que não estava enxergando absolutamente nada. Afinal, ninguém queria ser considerado indigno do cargo que ocupava. Enquanto isso, os espertos tecelões sorriam satisfeitos.

O rei voltou ao palácio transtornado e os dois impostores continuaram trabalhando no tear vazio. Empenhados na farsa, ficavam lá dia e noite.

Dois dias depois, os tecelões se apresentaram na
corte, levando a roupa para que o rei pudesse
desfilar na parada militar, que aconteceria naquele
mesmo dia.

— Vossa Majestade gostaria de vestir sua roupa nova
agora? – disse um deles.

O rei foi para a frente de um grande espelho e tirou as roupas que vestia. Os tecelões fingiram entregar a ele primeiro a túnica, depois a calça e, enfim, a capa com sua longa cauda.

— Não é um pouco leve demais este tecido? – indagou o rei.

— Majestade, a leveza do tecido é uma de suas qualidades mais apreciadas.

Em volta dele, os cortesãos se desmanchavam em elogios à nova roupa. No pátio do palácio já estavam a postos quatro soldados em trajes de gala, segurando uma tenda, sob a qual o rei seguiria até a praça dos torneios.

– Vossa Majestade está pronta? A roupa está do vosso agrado? – perguntou um dos charlatões.

O rei deu mais uma olhada no espelho e, perplexo e desconfiado, respondeu:

– Claro... Podemos ir.

O cortejo começou e ninguém conseguia ver a tão comentada roupa do rei. Mas é claro que ninguém confessaria isso, pois corria o risco de se passar por tolo ou incompetente. De repente, um garoto gritou desapontado:

– O rei está nu! Onde estão as suas roupas novas?

Muitos escutaram o menino e se aproveitaram do comentário:

– Um garotinho está falando que o rei está sem roupa! – gritou um popular. – Ah! É a voz da inocência! Criança diz o que vê, não mente – comentou outro.

As palavras, antes murmuradas, agora eram ditas aos brados pelas pessoas, que riam até não poder mais. O rei, ouvindo tudo, ficou vermelho como um tomate, pois a cada passo que dava se convencia mais e mais de que aquelas pessoas realmente tinham razão. Ele havia sido enganado e a tão elogiada roupa não existia.

O rei continuou a caminhar, disfarçando, como se nada de estranho estivesse ocorrendo, acompanhado pelas gargalhadas cada vez mais intensas de todos os seus súditos.

Depois disso, os dois charlatões fugiram com todo o ouro e nunca mais foram vistos. O rei aprendeu que ser excessivamente vaidoso e acreditar em pessoas desconhecidas poderia ser perigoso para ele e para todo o reino.

O Patinho Feio

a beira de um lago, em um sítio, a dona pata estava muito feliz enquanto chocava seus ovos. Um dia, um ovo apareceu picado, a casca estalou e uma cabeça de patinho apareceu pelo buraco.

No dia seguinte, apareceu o segundo patinho e, logo depois, outro e outro. A pata percebeu que o maior dos ovos ainda estava intacto e foi aquecê-lo.

– Como vai, comadre? – perguntou outra pata, que veio fazer uma visita.

– Ora! Muito aborrecida, minha comadre, com um dos meus ovos que não quer abrir!

– Se dá licença, comadre – disse a outra – esse ovo aí parece de peru. Será que não foi uma perua quem o botou?

– Imagine! – respondeu a dona pata. – Eu teria notado... acho!

Enfim, o ovo rachou e dele saiu um patinho maior
do que os outros, mas muito feio e desajeitado.
Sua mãe estranhou a sua aparência, mas nada disse.
No dia seguinte, a pata saiu com a sua ninhada
e desceu até o lago. Sentou-se na água e começou a
chamar pelos patinhos, que iam se lançando à água.

– Pelo que vejo, não é um peru – disse a mãe.

– E, reparando bem, vejo que não é tão feio.

Os pequeninos obedeciam fielmente à mãe, enquanto os outros patos olhavam para eles e falavam alto:

– Ora! Temos outra ninhada! Mas onde foi que a tia arranjou um filhote tão feio?

A nova ninhada foi bem recebida por todos, menos
o patinho feio, que era repelido pelos outros bichos.
As galinhas riam dele e o achavam esquisitão.
O patinho não tinha paz. Cada dia era pior. Até os
seus próprios irmãozinhos riam dele.

Um dia, o patinho saiu voando por cima dos jardins
e dos campos. Foi voando, voando, até que chegou
a uma grande lagoa onde havia patos selvagens.

Parou ali e escondeu-se entre os juncos; estava cansado e muito triste.

Pela manhã, os patos começaram a observar com curiosidade o recém-chegado.

– Você é extremamente feio, amigo! – disseram os outros. – Ah, ah, ah, ah...

Mas o pobre patinho já se dava por feliz por deixarem que ele ficasse ali.

De repente, ouviu-se um estampido e todos saíram voando. Bandos de patos e marrecos começaram a fugir para todos os lados. Os tiros de espingarda não paravam; era uma grande caçada.

Os cães se meteram por entre os juncos e o patinho feio levou o maior susto quando viu na sua frente um enorme cão rangendo os dentes. Mas o cão resolveu sair em busca de uma caça melhor e os caçadores também foram embora.

O patinho andou, andou e já era noite quando chegou a uma pequena cabana, onde morava uma velhinha com um gato e uma galinha.

Pela manhã, quando viu o patinho feio, o gato começou a ronronar e a galinha a cacarejar. Quando a velhinha viu o patinho, pensou que fosse uma pata e exclamou:

– Oba, vamos ter ovos de pata! – e tomou conta do bichinho, dando a ele agasalho e comida.

Os dias foram passando e, certo dia, a galinha perguntou:

– Sabe botar ovos ?

– Eu, não – respondeu o patinho.

– Pois nesse caso, não tem serventia nenhuma – retrucou a galinha.

– Sabe lamber as pernas da dona e ronronar? – questionou o gato.

– Não...

– Pois então é melhor ir embora – continuou o gato.

Então, o patinho saiu dali e foi para uma lagoa solitária, onde nadou à vontade, mergulhou, tornou a mergulhar, e assim se esqueceu das tolices da galinha e do gato.

Veio o inverno. Nuvens pesadas de neve encobriam o sol. Ouviam-se os corvos passarem, grasnando, morrendo de frio.

O inverno foi muito rigoroso: congelou as lagoas e tanques, e o patinho se viu obrigado a nadar continuamente, mexendo os pés até de noite, para que a neve não cobrisse o seu corpo. Mas, mesmo com todo o esforço do patinho, o gelo foi chegando cada vez mais perto, até que uma noite ele acabou derrotado e ficou preso no gelo.

Pela manhã, um camponês que passava quebrou
o gelo com sua enxada, levou o patinho para casa e
o reanimou com o calor de sua lareira. As crianças
queriam brincar com ele, mas o pobrezinho, com
medo de novas maldades, pensou que elas quisessem
lhe fazer mal e fugiu atordoado.

Foi dura e triste a vida do patinho durante aquele
inverno. Finalmente, o sol voltou a aparecer e a
cotovia cantou de novo. Era primavera.

O patinho tinha crescido bastante e estava mais forte. Um belo dia, conseguiu voar mais alto do que nunca havia imaginado. Depois de ter pairado muito à vontade nos ares, desceu.

De repente, o patinho viu um lago com três cisnes belíssimos e nadou em direção às lindas aves, que, logo que o viram, foram ao seu encontro.

O patinho pensou que aquelas aves quisessem rir dele ou maltratá-lo, mas quando viu a sua imagem refletida no lago... teve uma grande surpresa. Ele já não era uma criatura desajeitada, sem graça e cinzenta. Era um lindo cisne!

Os outros cisnes o cercaram e fizeram a maior festa. Muitas crianças foram à margem do lago, jogando migalhas de pão na água, e o menor dos meninos exclamou:

– Olha! Tem mais um cisne!

– É verdade! É novo! É um cisne novo! – gritaram as outras crianças, felizes.

– É o mais bonito de todos – comentou uma delas.

O patinho nem sabia o que fazer, de tão surpreso. Em vez de se encher de orgulho, como tantos faziam, sentia-se envergonhado e escondia a cabeça debaixo da asa. Depois de todas as amarguras pelas quais havia passado, ele agora era a mais bela dentre aquelas magníficas aves que ali estavam!

Então, foi reinar com elas sobre aquele formosíssimo lago, cercado de bosques encantadores. Levantou o pescoço gracioso e flexível, curvou as asas e deixou-se deslizar elegantemente sobre o cristal das águas.

E, cheio de alegria, disse para si mesmo:

– Nunca... nem quando ainda era o patinho feio e esquisito, me passou pela cabeça que teria uma felicidade como esta!

Contos de Grimm
por
Mauricio de Sousa

Branca de Neve

Era uma vez uma rainha que sonhava em ter uma filha. Um dia, enquanto costurava perto da janela, espetou o dedo na agulha e uma gota de sangue caiu na neve.

– Ela pensou, então: "Quem me dera ter uma filha branca como a neve, com os cabelos negros como o ébano e os lábios vermelhos como o meu sangue!"

Algum tempo depois, seus desejos foram
realizados: ela deu à luz uma filha que tinha a pele
branca como a neve, os lábios vermelhos como
sangue e os cabelos negros como ébano. A princesa
foi batizada como Branca de Neve.

Meses depois, a rainha faleceu e, passado um ano, o rei se casou de novo com uma bela e orgulhosa mulher, que não admitia que nenhuma outra fosse mais bonita do que ela. Possuía até um espelho encantado e um dia perguntou-lhe:

— Espelho, espelho meu! Existe no mundo alguém mais bela do que eu?

— Ah, minha cara rainha, só Branca de Neve possui beleza maior que a sua.

A rainha ficou louca de raiva e ordenou a um caçador que levasse a princesa para passear na floresta e lá, bem longe, desse um fim em sua vida. Como prova de que havia cumprido com a sua missão, a malvada pediu ao caçador que lhe trouxesse o coração da pequena como troféu.

O caçador contou à Branca de Neve o que sua madrasta havia ordenado, mas ficou com pena da linda jovem e resolveu deixá-la ir embora. No lugar do seu coração, levou para a rainha o de um animal.

Enquanto isso, a pobre menina, que vagava sozinha pela floresta, viu uma pequena cabana no meio de uma clareira e resolveu entrar lá, para descansar um pouco. Tudo lá dentro era pequeno. Havia uma mesinha coberta por uma toalha e sete pratinhos, sete colherzinhas, sete faquinhas, sete garfinhos e sete copinhos. No quarto, ficavam sete caminhas.

Branca de Neve estava com tanta fome e com tanta sede, que não resistiu e tirou um pouquinho de comida de cada prato e um pouquinho de água de cada copo, pois não queria tomar tudo de uma só vez.

Já era noite quando os donos da cabana voltaram. Eram sete anões, que trabalhavam numa mina. Eles acenderam sete velas e, quando o interior da cabana ficou iluminado, notaram que alguém tinha estado ali.

Um dos anões foi até o quarto e viu Branca de Neve deitada. Chamou, então, os outros, para que a vissem. Ao notarem a doce menina dormindo, todos exclamaram ao mesmo tempo:

– Uau! Que linda!

Os sete anõezinhos ficaram encantados e resolveram não acordar a bela jovem.

Quando amanheceu, Branca de Neve acordou e ficou assustada ao ver os sete anões. Eles, porém, se mostraram muito amáveis. A menina contou o que aconteceu e eles a convidaram para morar ali e tomar conta da casa enquanto trabalhavam.

No castelo, a rainha voltou a perguntar ao espelho encantado se havia, agora, no mundo, mulher mais bela do que ela.

– Você é muito bela, minha rainha, mas sua enteada vive muito feliz com os sete anões – respondeu o espelho.

A rainha ficou estarrecida quando soube que Branca de Neve ainda estava viva e dirigiu-se a um aposento secreto, de aspecto sinistro. Lá, a malvada preparou uma maçã envenenada e, em seguida, pintou o rosto e se vestiu como uma pobre camponesa. E lá foi ela em direção à cabana dos sete anões.

Quando ouviu batidas na porta, Branca de Neve foi até a janela e disse:

– Não posso deixar ninguém entrar aqui. Ordem dos sete anões.

– Não preciso entrar – replicou a madrasta disfarçada. – Só quero um copo d'água.

Branca de Neve atendeu ao pedido daquela pobre senhora que, como retribuição, tirou uma maçã da sua cestinha e ofereceu à bondosa jovem.

Branca de Neve olhou para a maçã e seu aspecto era tão apetitoso, que realmente dava água na boca. Então, quando mordeu a maçã, caiu mortinha.

A rainha, feliz da vida, voltou para o castelo e consultou o seu espelho mágico:

– Espelho, espelho meu! Existe no mundo alguém mais bela do que eu?

– Em verdade não há, minha senhora – respondeu o espelho. A rainha deu pulos de alegria.

Quando voltaram para casa, os sete anões encontraram Branca de Neve estendida no chão, imóvel, sem respirar. Eles a colocaram em um caixão de vidro e se sentaram ao redor, chorando sem parar durante três dias.

Um príncipe que passava pela floresta viu o caixão e, dentro dele, a linda Branca de Neve.

– Por favor, me deixem levar o caixão. Darei o que vocês quiserem em troca – disse o príncipe.

Os anões, porém, responderam:

– Não nos separaremos dela nem em troca de todo o ouro que há no mundo!

– Velarei por ela como o meu bem mais precioso – insistiu o príncipe.

Ao ouvirem aquelas palavras, os bondosos anões acabaram concordando.

O príncipe partiu levando o caixão, que foi
carregado por seus soldados. De repente, eles
tropeçaram em um toco de árvore e o caixão
quase caiu. Balançou tanto, que o pedaço de maçã
envenenada saltou da boca de Branca de Neve; ele
estava atravessado na sua garganta. Logo em seguida,
ela abriu os olhos e perguntou:

– Onde estou? – gritou a bela jovem.

– Está comigo! – exclamou o príncipe, contando
tudo o que aconteceu. E ele concluiu: – Eu te amo
mais do que qualquer coisa no mundo. Venha comigo
ao palácio do meu pai. Você será minha esposa.

Branca de Neve aceitou o pedido e o casamento se realizou com a maior pompa. A madrasta também foi convidada para a festa.

Quando chegou ao casamento e reconheceu Branca de Neve, ela ficou com tanta raiva e tanto medo, que foi incapaz de dar um passo. Na mesma hora, teve um troço e caiu durinha.

A Bela Adormecida

Há muitos e muitos anos, num reino muito distante, viviam um rei e uma rainha cujo maior desejo era o de terem um filho.

Certo dia, quando a rainha estava tomando banho em sua luxuosa banheira, uma rã encantada saiu aos pulos de dentro da água e lhe disse:

– Seu desejo se realizará. Antes de um ano, você terá uma filha.

A profecia da rã se realizou, e nasceu uma linda menina. O rei, feliz da vida, resolveu oferecer uma grande festa para comemorar o acontecimento e convidou os parentes, os amigos e até as fadas que viviam na região.

No reino viviam treze fadas, mas como só havia
doze pratos de ouro para servi-las no banquete,
deixaram de convidar uma delas.

A festa foi realizada com todo o esplendor. As fadas
concederam muitos dons à menina: uma lhe deu
a virtude, outra a beleza, uma terceira a inteligência
e assim por diante.

Quando faltava apenas uma das doze fadas
para presentear a pequena princesa, apareceu
inesperadamente aquela que não havia sido convidada.
Sem cumprimentar ou olhar para as pessoas,
a intrusa gritou, com voz furiosa e ameaçadora:

– Quando tiver quinze anos, a princesa espetará
o dedo em um fuso* de fiar e cairá mortinha da silva.
E, junto com ela, morrerão todos os moradores
do castelo.

Sem dizer mais uma palavra sequer, virou as costas
e foi embora.

* aparelho que servia para enrolar fibras de tecido.

Todas as pessoas presentes ficaram assustadas, mas a décima segunda fada, que ainda não havia concedido seu dom à princesa, disse:

– Como não tenho poderes para quebrar o encanto, vou amenizar o seu efeito. A princesa não cairá mortinha da silva, apenas dormirá um sono profundo, durante cem anos.

O rei, ainda esperançoso de que poderia evitar aquele acontecimento maléfico, mandou que fossem destruídos todos os fusos existentes no reino. Enquanto isso, as promessas favoráveis das boas fadas se cumpriam, pois a princesa era linda, modesta, prestativa, gentil e inteligente, e todos que a viam ficavam encantados.

Certo dia, o rei e a rainha saíram para passear. A princesa, então com quinze anos, ficou sozinha no castelo e resolveu dar umas voltinhas, por curiosidade, em alguns aposentos do enorme palácio. Quando chegou a uma velha torre, subiu uma escada e encontrou uma portinha, com uma chave enferrujada na fechadura.

A princesa entrou no pequeno aposento e encontrou uma senhora bem velhinha, usando um fuso de fiar.

– Bom dia, senhora – disse a princesa. – O que está fazendo?

– Estou fazendo fio para tecer um pano – respondeu a velha.

A princesa achou aquilo muito divertido e pediu para mexer no fuso. Mal começou e a pequena princesa espetou o dedo, caindo em um sono profundo, junto com todos os moradores do castelo.

O rei e a rainha, que acabavam de chegar, também adormeceram no salão nobre, juntamente com todos os membros da corte. Os cavalos adormeceram na cocheira; os cães, no pátio; os pombos, em cima do telhado. O vento parou e as árvores que rodeavam o castelo não moveram mais uma folha sequer.

Em torno do castelo, começou a crescer uma cerca de espinheiros que foi encobrindo tudo, até a bandeira hasteada no alto da torre.

Muitos e muitos anos depois, um príncipe ouviu de seu avô a história sobre uma cerca de espinhos que escondia um castelo, no qual havia uma linda princesa adormecida por cem anos.

Ele também ficou
sabendo que muitos
príncipes tentaram chegar ao
castelo, mas haviam morrido no
meio do espinhal.

– Eu não tenho medo! – exclamou o jovem
príncipe. – Quero ver essa Bela Adormecida.

O velho tentou fazê-lo mudar de ideia, mas não
teve jeito.

Já haviam se passado quase cem anos desde o
encanto e aproximava-se o momento em que a Bela
Adormecida iria despertar.

Quando o príncipe aproximou-se da cerca de espinhos, não viu espinho algum, e sim milhares de lindas flores, que não o impediam de passar, mas que se fechavam atrás dele, como uma cerca.

No pátio do castelo, os cavalos e os cães dormiam, imóveis. No salão nobre, o rei e a rainha dormiam

junto do trono, e os membros da
corte, espalhados por toda a parte.
   O príncipe chegou à torre e abriu a porta do quarto
onde estava a Bela Adormecida. A princesa era tão
bela que ele não conseguia tirar os olhos dela nem
por um segundo e, curvando-se, beijou-a.
   A Bela Adormecida, logo que foi beijada, acordou,
abriu os olhos e encarou o príncipe com uma
expressão de doçura e carinho. Foi amor
à primeira vista.

E assim, após seu sono de cem anos, a princesa se casou com o príncipe. Houve uma grande festa no reino e o casal viveu feliz para sempre.

erto de uma grande floresta, vivia uma família muito pobre. Já era tarde da noite quando, ansioso, o homem perguntou à mulher:

– O que será de nós? Como posso alimentar meus filhos se não há nada para comer?

– Amanhã, bem cedo, daremos uma fatia de pão para cada um e os levaremos para a floresta. Eles dormirão e, quando acordarem, não encontrarão mais o caminho de volta para casa. Problema resolvido. – respondeu a malvada madrasta de João e Maria.

As duas crianças ainda estavam acordadas e ouviram tudo. Maria começou a chorar e não parava mais.

– Não chore, Maria. Vou encontrar um jeito de nos salvar – disse João.

Quando amanheceu, antes mesmo de o sol nascer, a madrasta deu um pedaço de pão para cada um, recomendando que só comessem na hora do almoço. E eles seguiram para a floresta.

No caminho, João ia despedaçando o pão em seu bolso. Muitas vezes, ele parava e, disfarçadamente, jogava um pedacinho no chão.

Quando eles chegaram no meio da floresta, o pai
fez uma fogueira com pequenos gravetos e, quando
a chama já estava bem alta, a mulher disse:

– Agora descansem ao lado da fogueira,
crianças, enquanto nós vamos procurar algumas
frutas para comer.

João e Maria ficaram sentados junto ao fogo e, quando chegou o meio-dia, Maria dividiu o seu pedaço de pão com João. Ficaram lá sentados muito tempo, até que seus olhos se fecharam de cansaço e ambos adormeceram profundamente. Quando acordaram, já era tarde da noite.

Maria olhou para João com os olhos cheios de lágrimas e disse:

– Como é que vamos sair da floresta agora?

– Quando aparecer a lua, voltaremos para casa. Poderemos ver as migalhas de pão que espalhei pelo caminho – respondeu João.

Mas os pássaros da floresta tinham comido todas as migalhas e João e Maria acabaram não encontrando o caminho de volta. Andaram a noite inteira de um lado para o outro e no dia seguinte também. Os dois não conseguiam sair da floresta de maneira nenhuma.

Já haviam se passado três dias desde que eles saíram da casa do pai, quando viram um lindo pássaro branco pousando num ramo. Eles pararam para ouvir o seu canto.

Quando terminou, o pássaro bateu as asas e saiu voando. As crianças o acompanharam, encantadas, até que ele pousou no telhado de uma casinha.

João e Maria chegaram perto da casinha e notaram que ela era feita de pão doce, coberta de bolo e suas janelas eram feitas de açúcar.

– Agora vamos avançar nesta casa e fazer uma boa refeição, Maria! Vou comer um pedaço do telhado – disse João.

Maria preferiu a parede, mas, de repente, ouviram uma voz que vinha de dentro da casa:

– Roque, roque, roidinha. Quem roeu minha casinha?

– Não foi ela e não fui eu. Foi o vento quem roeu. – respondeu o esperto João.

A porta se abriu e apareceu uma mulher muito velha. João e Maria ficaram tão assustados, que deixaram cair o que estavam comendo. A velha tomou os dois pelas mãos e os levou para dentro da casinha. Serviu boa comida às crianças e depois arrumou duas camas macias, onde João e Maria dormiram um sono tranquilo.

Na verdade, a velha fingia ser boazinha, mas era uma bruxa malvada. Ela havia construído aquela casinha de doces para atrair crianças e comê-las.

Na manhã seguinte, a bruxa pegou João, o levou para fora e o trancou dentro de uma jaula. Em seguida, foi até a cama onde Maria dormia e gritou:

– Acorde, preguiçosa! Vá buscar água para cozinhar alguma coisa boa para seu irmão, que está muito magrinho e precisa engordar. E quando ele estiver bem gordo, vou comê-lo! Ah, ah, ah...

Maria chorava, mas mesmo assim fazia o que a bruxa malvada mandava. Agora, o pobre garoto era alimentado com a melhor comida, enquanto Maria só ganhava ossos para roer. Todas as manhãs, a velha caminhava até a jaula e dizia:

– Joãozinho, mostre-me seu dedo para eu ver se já está gordinho.

João, muito esperto, passava pela grade um ossinho de frango e a velha, que tinha a vista fraca, ficava admirada por não conseguir engordá-lo.

Um mês depois, a bruxa ainda achava que João continuava magro e, perdendo a paciência, gritou:

– Maria, coloque água para ferver! Gordo ou magro, vou cozinhar seu irmão hoje mesmo. Mas antes acenda o forno, porque também vamos assar pão.

– Como se faz isso? Como é que é? – perguntou Maria.

– Menina tonta! – disse a velha bruxa. – É só chegar bem perto da porta do forno, acender o fósforo e...

Quando a bruxa colocou a cabeça dentro do forno, mais do que depressa, a menina a empurrou lá para dentro e fechou a porta.

A velha começou a gritar e, por mais que tentasse, não conseguia sair de dentro do forno. Maria saiu correndo, abriu a jaula onde João estava e gritou:

– Estamos livres! Vamos fugir, porque a bruxa não vai sair daquele forno tão cedo!

As crianças estavam muito felizes. Entraram na casa da bruxa, pegaram algumas guloseimas para comer no caminho e, quando estavam saindo, viram várias caixinhas cheias de pérolas e pedras preciosas.

– Estas pedras devem ser muito valiosas – disse João, enchendo os bolsos.

– Eu também quero levar alguma coisa para casa – completou Maria, enchendo os bolsos do seu aventalzinho.

As crianças saíram rapidinho da casa da bruxa e,
depois de caminharem por algum tempo, a floresta
foi parecendo cada vez mais familiar para os dois.

Finalmente, avistaram a casa de seu pai, entraram
correndo e o abraçaram.

O pai, muito arrependido, disse que não teve um
só momento de paz depois de tê-los abandonado
na floresta.

Quando souberam que a madrasta havia cansado
daquela vida difícil e ido embora, as crianças
começaram a tirar as pedras preciosas e as pérolas dos
bolsos. Assim, terminaram os dias de pobreza e eles
viveram juntos tempos muito felizes.

hapeuzinho Vermelho era uma boa menina, que vivia numa pequena vila perto da floresta. Recebeu esse apelido porque usava um capuz de veludo vermelho que sua avó mandou fazer e deu de presente para ela.

Um dia, sua mãe preparou alguns bolinhos e pediu que Chapeuzinho Vermelho os levasse para sua avó, que andava meio adoentada.

A casa da avó ficava na vila vizinha e para chegar lá era preciso atravessar uma floresta.

Quando Chapeuzinho começou a entrar na floresta, encontrou o Lobo Mau, que ficou com muita vontade de ver aquela menina saudável e de pele tão branquinha transformar-se numa apetitosa refeição. Mas o espertalhão não pôde fazer nada com ela, por causa da presença de alguns lenhadores que trabalhavam por perto.

Então, o Lobo Mau resolveu perguntar para onde aquela menina estava indo. E Chapeuzinho Vermelho, sem desconfiar de nada, respondeu:

– Vou levar uns bolinhos para minha vovozinha, que está doente.

– Ela mora muito longe? – perguntou o Lobo.

– Mora depois daquele moinho que se avista lá longe, muito longe, na primeira casa da vila.

– Muito bem – continuou o Lobo –, também vou visitá-la, sabia? Eu sigo por este caminho, aqui, e você por aquele lá. Vamos ver quem chega primeiro?

O Lobo saiu correndo a toda velocidade pelo caminho mais curto, enquanto Chapeuzinho Vermelho, sem desconfiar de nada, seguia pelo caminho mais longo, distraindo-se com amoras, correndo atrás de borboletas e tentando fazer um buquê com algumas florzinhas que ia encontrando.

O Lobo não levou muito tempo para chegar à casa da avó e foi logo batendo na porta: toc, toc, toc!

– Quem é? – perguntou a vovó.

– É a sua netinha, Chapeuzinho Vermelho – respondeu o Lobo Mau, disfarçando a voz. – Trouxe uns bolinhos para a senhora – continuou o malvado.

A boa vovozinha, que estava acamada e não se sentia muito bem, gritou:

– Pode entrar, querida. A porta não está trancada.

   Assim que abriu a porta, o Lobo Mau partiu para cima da vovozinha. Ela seria o "prato de entrada" da sua refeição.

   Então, ele ouviu um barulho do lado de fora! Só podia ser Chapeuzinho Vermelho! O Lobo, contrariado, falou para a vovozinha:

   – Vou guardar você no armário, para a sobremesa! Em seguida, colocou a touca da vovó, e deitou na cama dela.

Logo depois, Chapeuzinho Vermelho bateu na porta da casa da vovó.

– Quem é? – perguntou o Lobo Mau.

Chapeuzinho Vermelho estranhou aquela voz grossa, mas pensou que, talvez, a vovó estivesse rouca e respondeu:

– Sou eu, a sua netinha. Trouxe uns bolinhos que a mamãe mandou com muito carinho.

E o Lobo Mau, suavizando um pouco mais a voz, continuou:

– Pode entrar. A porta está destrancada, é só girar a maçaneta e empurrá-la.

Ao encontrar o Lobo Mau, que estava de touca e coberto até o focinho, Chapeuzinho Vermelho ficou olhando... olhando... olhando... e, curiosa, começou a perguntar:

— Nossa, vovó! Pra que essas orelhas tão grandes?

— São para ouvir você melhor, minha netinha – respondeu o lobo.

— E esses olhos tão grandes, vovozinha?

— São para ver você melhor, queridinha.

– E pra que essa boca tão grande?

O Lobo não aguentou mais e pulou pra cima da menina, gritando:

– É para comer você! Ah, ah, ah...

Chapeuzinho Vermelho correu pela casa,
gritando apavorada e tentando escapar das garras
do Lobo Mau.

Nessa hora, um jovem caçador
que estava passando perto dali
ouviu os gritos da menina e
correu para ajudá-la.

Assustado com o bravo rapaz, o Lobo Mau pulou
pela janela, sumiu no meio da floresta e nunca mais
apareceu por ali...

Chapeuzinho Vermelho e sua avó, salvas e felizes da vida, convidaram o jovem caçador para comer uns bolinhos e tomar chá com elas.

Afinal, depois de tantos apuros, nada melhor do que um bom lanchinho!

O Príncipe Sapo

á muito tempo, havia um rei que tinha filhas extremamente belas. A mais jovem era tão linda que o sol ficava encantado sempre que iluminava seu rosto.

Perto do castelo do rei havia um bosque grande

e escuro, com uma lagoa sob uma velha árvore. Se o dia estava quente, a princesinha ia ao bosque e sentava-se junto à fonte, jogando sua bola de ouro para o alto. Essa bola era o seu brinquedo favorito.

Certa vez, a bola caiu na água e a princesa, vendo a bola desaparecer na lagoa, que era profunda, começou a chorar. Então, alguém falou:

– O que a aflige, princesa? Você chora tanto que até as pedras sentem pena.

Ela olhou em volta e viu um sapo colocando sua enorme e feia cabeça para fora da água.

— Ah, é você, sapo? Estou chorando porque minha bola de ouro caiu na lagoa.

— Calma, não chore! Posso ajudá-la, mas o que me dará se eu encontrar a sua bola?

— O que quiser, querido sapo. Minhas roupas, minhas pérolas, minhas joias, a coroa de ouro que estou usando...

O sapo, então, disse à princesa:

– Não me interessam suas roupas, suas pérolas nem suas joias e, muito menos, sua coroa. Só quero ser seu amigo e poder brincar com você, sentar ao seu lado na mesa, comer em seu pratinho de ouro,

beber no seu copo e dormir em sua cama. Se me prometer isso, descerei até o fundo do lago e trarei a bola de ouro.

– Oh, sim – disse ela. – Prometo tudo o que quiser, porém devolva minha bola. Mas pensou: Coitado! Não pode ser companheiro de um ser humano.

O sapo, uma vez recebida a promessa, meteu a cabeça na água e mergulhou. Pouco depois, voltou nadando com a bola na boca e a jogou na grama. A princesinha estava tão encantada de ver seu precioso brinquedo, que o pegou e saiu correndo.

– Espere, espere, não posso correr tanto quanto você – disse o sapo.

Ela não o escutou e correu para casa, esquecendo o pobre sapo.

No dia seguinte, quando ela sentou à mesa com o rei e toda a corte, alguma coisa veio se arrastando pela escada de mármore. Quando chegou ao alto, chamou à porta e gritou:

– Princesa! Jovem princesa, abra a porta.

Ela correu para ver quem estava lá fora. Quando viu o sapo diante dela, fechou a porta e, com pressa, tornou a sentar.

Só que a princesa ficou muito assustada. O rei percebeu que seu coração batia forte e disse:

– Minha filha, por que está assustada? Há um monstro lá fora?

– Ah, não! É apenas um sapo – respondeu ela.

– O que um sapo quer com você? – retrucou o rei.

– Eu estava jogando no bosque, perto da lagoa, quando minha bola de ouro caiu na água. O sapo a devolveu e prometi a ele que seria meu amigo, mas...

E o rei continuou:

– Aquilo que prometemos, devemos cumprir. Deixe-o entrar.

Ela abriu a porta, o sapo entrou e a seguiu até sua cadeira. Sentou-se e disse:

– Aproxime o seu pratinho de ouro, porque devemos comer juntos.

Ela o atendeu, mas todos perceberam que não tinha boa vontade. Em seguida, o sapo disse:

– Comi, estou satisfeito, mas um pouco cansado. Vá para o quarto e prepare a sua caminha de seda para eu dormir.

A princesa começou a chorar porque não gostava da ideia de o sapo dormir na sua preciosa e limpa caminha. Mas o rei se aborreceu e disse:

— Filha, você não deve desprezar aquele que a ajudou.

Assim, ela pegou o sapo com dois dedos, o levou para cima e o deixou num canto do quarto. Porém, quando a princesa estava na cama, o sapo se arrastou até ela e disse:

— Estou cansado e quero dormir. Coloque-me na cama ou conto para o seu pai.

A princesa ficou muito aborrecida, pegou o sapo e o jogou contra a parede.

No entanto, quando caiu no chão, ele não era mais um sapo, era um príncipe com lindos olhos.

Ele contou como havia sido enfeitiçado por uma bruxa malvada e que ninguém poderia livrá-lo do feitiço, exceto ela. A princesa ficou encantada com o príncipe e apaixonou-se no mesmo instante por ele.

Na manhã seguinte, chegou uma carruagem com cavalos imponentes.

Atrás dela estava Henrique, o escudeiro do rei.
Ele ficou tão triste quando seu senhor foi
transformado em sapo, que colocou três faixas
de ferro rodeando o seu coração, caso estalasse de
pesar e tristeza.

A carruagem iria levar o príncipe e a jovem princesa ao seu reino. Henrique ajudou os dois a entrar e subiu, cheio de alegria.

Quando completaram uma parte do caminho, o príncipe ouviu um ruído atrás dele, como se algo tivesse se quebrado. Assim, deu a volta e gritou:

– Henrique, o carro está se rompendo?

– Não, amo, não é o carro. É uma das faixas do meu coração.

Duas vezes mais, enquanto estavam no caminho, algo fez ruído e o filho do rei pensou que o carro estava se rompendo, porém eram apenas as faixas que estavam se desprendendo do coração de Henrique, pois seu senhor estava finalmente livre e era feliz.

Contos de Perrault

por
Mauricio de Sousa

O Pequeno Polegar

ra uma vez um casal de lenhadores que tinha sete filhos, todos homens. O mais novo era muito miudinho, tinha o tamanho de um dedo polegar. Por isso o chamavam de Pequeno Polegar. O menino era o mais esperto dos irmãos, falava pouco, mas ouvia muito.

Num ano de muita pobreza, os pais decidiram abandonar os filhos. Uma noite, quando os meninos já estavam deitados, o lenhador falou à mulher, com o coração cheio de tristeza:

    – Você está vendo que não podemos mais alimentar nossos filhos. Não tenho coragem de vê-los passar necessidade diante dos meus olhos. Então, amanhã vamos levá-los à floresta e deixá-los lá, perdidos.

    – Você seria capaz de abandonar os seus filhos na floresta? – perguntou a lenhadora.

    O Pequeno Polegar ouviu tudo, saiu silenciosamente e foi até a beira do rio catar pedrinhas brancas. Encheu os bolsos com elas e voltou para casa.

    Todos partiram na manhã seguinte e o Pequeno Polegar não contou nada do que sabia aos irmãos.

A família toda foi até uma floresta muito fechada, onde o lenhador começou a cortar lenha e os meninos, a brincar. O pai e a mãe, ao vê-los distraídos, fugiram dali. Quando os meninos se viram sozinhos, começaram a gritar e a chorar com toda a força.

O Pequeno Polegar, então, disse aos irmãos:

– Não tenham medo, eu levarei vocês de volta. É só me seguirem.

Os irmãos o seguiram e ele os levou para casa pelo mesmo caminho por onde tinham vindo até a floresta.

No momento em que o lenhador e sua mulher chegaram em casa, receberam dez escudos que o chefe da aldeia devia para eles fazia muito tempo. Isso deu novo alento aos dois.

O lenhador mandou imediatamente a mulher ao mercado. Como fazia muito tempo que eles não comiam, ela comprou uma quantidade de carne três vezes maior do que a necessária para duas pessoas. Depois que saciaram a fome, a mulher falou:

– Onde estarão os nossos filhos? Você quis abandoná-los, e agora temos toda esta comida.

O lenhador ficou muito triste e começou a chorar.

Os meninos, que estavam encostados à porta, começaram a gritar juntos:

– Estamos aqui!

Ela correu para abrir a porta, feliz da vida. Os meninos se sentaram à mesa e comeram. Mas a alegria durou o tempo que duraram os dez escudos. Quando o dinheiro acabou, eles voltaram à antiga tristeza e decidiram levar os filhos para a floresta de novo.

Quando o Pequeno Polegar ia sair para catar

pedrinhas, encontrou a porta trancada. Entretanto, como a mãe deu a cada um deles um pedaço de pão para a refeição da manhã, ele imaginou que poderia usar o seu pão, em lugar de pedras.

O pai e a mãe os levaram ao ponto mais fechado e escuro da floresta e os deixaram ali. O Pequeno Polegar não se preocupou muito, pois era só voltar seguindo os pedacinhos de pão que havia deixado no caminho. Mas não conseguiu encontrar uma única migalha do pão. Os passarinhos tinham comido tudo.

Desta vez, os meninos estavam perdidos mesmo.
O Pequeno Polegar subiu em uma árvore e avistou,
ao longe, uma pequena casa. Chegando lá, uma
mulher os atendeu.

– Ai, meus pobres meninos, vocês não sabem que
aqui é a casa de um Ogro que come crianças? – disse
a mulher.

Os meninos tremiam dos pés à cabeça, mas a
mulher do Ogro acreditou que podia escondê-los do
marido e os levou para se aquecerem junto ao fogo,
sobre o qual colocou um carneiro para assar.

De repente, eles ouviram três batidas fortes na porta.
Era o Ogro que chegava. A mulher, então, escondeu
os meninos debaixo da cama. A primeira coisa que
o Ogro fez foi farejar por todos os lados, dizendo que
sentia cheiro de carne fresca. Ele foi direto à cama.

– Eis aqui uma boa refeição! – comentou o gigante,
olhando animado para as crianças, e completou: – Dê
bastante comida a eles, para que engordem, e leve
todos para dormir. Amanhã, teremos um delicioso
café da manhã. Eh, eh, eh...

O Ogro tinha sete filhas. Elas ainda não eram muito más e dormiam numa cama enorme, em um dos quartos.

No outro quarto, em outra cama do mesmo tamanho, a mulher do Ogro deitou os sete meninos.

O Pequeno Polegar reparou que as filhas do Ogro usavam coroas de ouro. O garoto se levantou no meio da noite e, pegando o seu gorro e os de seus irmãos, colocou-os na cabeça das sete meninas,

depois de lhes tirar as coroas e colocá-las na sua própria cabeça e nas dos irmãos.

O Ogro, antes de ir para a cama, se aproximou do leito onde estavam os meninos, percebeu as coroas de ouro e pensou que fossem suas filhas.

Em seguida, foi ao leito de suas filhas e, ao apalpar os gorros em suas cabeças, disse:

– Ah, aqui estão eles, os malandrinhos. Dormem profundamente. Amanhã, darei cabo deles.

Assim que o Pequeno Polegar ouviu o Ogro roncar, acordou os irmãos e mandou que descessem até o jardim e corressem sem parar.

Quando o Ogro acordou, pediu à mulher que fosse buscar as crianças. Mas quando ela subiu ao quarto, encontrou apenas suas sete filhas dormindo e foi avisar ao marido que os meninos haviam fugido.

– Aqueles miseráveis vão me pagar, e vai ser agora mesmo – disse o Ogro, que calçou depressa suas botas de sete léguas e meteu o pé na estrada.

Os meninos avistaram o Ogro quando já estavam perto de casa. O Pequeno Polegar, ao ver uma abertura numa rocha, se escondeu nela junto com os irmãos. O gigante, já bastante cansado da longa caminhada, decidiu repousar um pouco e foi sentar-se bem em cima da rocha onde os meninos estavam.

O Pequeno Polegar mandou que seus irmãos fossem para casa. Então, ele se aproximou do Ogro e tirou-lhe cautelosamente as botas, calçando-as imediatamente.

As botas eram muito grandes, mas como eram encantadas, tinham o dom de aumentar ou diminuir o seu tamanho de acordo com a perna de quem as calçasse.

Assim, elas se ajustaram às pernas do Pequeno Polegar como se tivessem sido feitas para ele.

O menino foi direto à casa do Ogro e lá encontrou a mulher dele.

– O seu marido está em grande perigo – disse o Pequeno Polegar. – Ele foi capturado por um bando de assaltantes, que querem todo o seu ouro e toda a sua prata, ou alguma coisa terrível pode acontecer.

Apavorada, a mulher entregou imediatamente tudo o que possuía; e o Pequeno Polegar, carregado com todas as riquezas do Ogro, foi para a casa de seu pai, onde o esperavam com uma grande festa.

A família do Pequeno Polegar nunca mais passou necessidade e viveu feliz para sempre.

Quando o Ogro acordou e se viu sem suas botas, ficou muito bravo e depois muito triste, pois, perdido, demorou anos para encontrar o caminho de volta para casa.

Finalmente, ao chegar em casa, foi recebido com grande alegria pela sua esposa e suas filhinhas. A recepção foi tão calorosa que o Ogro ficou feliz e até chorou de tanta emoção. Mas o melhor mesmo é que prometeu nunca mais comer criancinhas.

O Gato de Botas

*E*ra uma vez um moleiro muito pobre que tinha três filhos. Os dois mais velhos eram preguiçosos e o caçula era trabalhador.

Quando o moleiro morreu, deixou de herança para os seus três filhos um moinho, um jumento e o seu gato. O mais velho ficou com o moinho, o do meio com o jumento e o mais novo, apenas com o gato – e com muita tristeza por ter recebido uma herança tão mixuruca.

O gato, então, olhou para ele e disse:

– Não se preocupe, meu amo. A única coisa que o senhor tem a fazer é me arranjar um saco e um par de botas. Aí, verá que não foi tão mal recompensado quanto imagina.

Embora o dono do gato não acreditasse muito naquilo (imagine, um gato que fala e ainda tem ideias mirabolantes), resolveu dar uma oportunidade ao bichano e fez o que ele pedia.

Então, o gato calçou as botas animadamente, pôs um pouco de farelo no saco e saiu pela estrada.

No meio do caminho, o gato estirou-se no chão como se estivesse morto e esperou que algum coelhinho novo e inocente entrasse no saco para comer o que havia lá.

Mal acabou de deitar, um coelhinho distraído entrou no saco e o mestre gato, puxando os cordões, o prendeu lá dentro.

O gato correu até o palácio do rei e pediu para vê-lo.

– Majestade, aqui está um coelho do mato que
o marquês de Carabás – era o nome que ele resolveu
inventar para seu amo – me encarregou de trazer
para presenteá-lo.

– Diga ao seu amo que agradeço. O seu presente
me dá grande prazer – respondeu o rei.

Em outra ocasião, o gato se escondeu num campo de trigo, deixando sempre o saco aberto.

Quando duas perdizes se meteram lá dentro, ele puxou os cordões e prendeu ambas. Em seguida, foi presentear o rei, como tinha feito com o coelho do mato.

O rei recebeu também com prazer as duas perdizes e mandou que dessem ao gato algo para beber.

O gato continuou fazendo isso durante dois ou três meses, levando de vez em quando para o rei uma caça qualquer em nome de seu amo.

Até que, um dia, ele ficou sabendo que o rei ia fazer um passeio à beira do rio, em companhia de sua linda filha.

Então, o gato disse ao seu amo para ir até o rio e ficar lá, tomando um bom banho.

Enquanto ele se banhava no rio, o rei passou na sua carruagem. Então, o gato começou a gritar o mais alto que pôde:

– Socorro! Socorro! O marquês de Carabás foi assaltado!

Ao ouvir os gritos, o rei colocou a cabeça para fora da carruagem e, ao reconhecer o gato, ordenou à sua escolta que fosse socorrer o marquês de Carabás.

O gato se aproximou do rei e contou que alguns ladrões haviam roubado as roupas do seu amo. No mesmo instante, o rei ordenou aos seus pajens que fossem buscar um de seus mais belos trajes para o marquês de Carabás e o cobriu de gentilezas.

O rei também insistiu para que o jovem subisse em sua carruagem e participasse do seu passeio. O gato, ao ver que sua trama estava dando resultado, partiu correndo na frente.

Ao encontrar alguns camponeses lavrando
a terra, o gato falou:

– Minha boa gente, se não disserem ao rei que esse
campo que estão lavrando pertence ao marquês
de Carabás, vocês serão severamente castigados.

Quando o rei perguntou aos lavradores a quem
pertencia aquele campo, todos responderam
assustados, sem entender direito, que pertencia
ao tal marquês de Carabás.

O gato, que ia sempre à frente, encontrou outro grupo de lavradores e disse a eles:

– Minha gente, se não disserem que todo este trigal pertence ao marquês de Carabás, vocês serão severamente castigados pelo rei. – E assim continuou o gato, sempre surpreendendo o rei com os dotes do seu amo.

Foi quando o gato de botas chegou a um belo castelo, cujo dono era um ogro com poderes mágicos.

– Ouvi dizer – falou o gato – que o senhor tem o dom de se transformar em qualquer tipo de animal.

– É verdade! – respondeu o ogro, confiante. – E para provar isso, vou me transformar em um leão.

– Ouvi falar, também, que o senhor é capaz de tomar a forma até de um rato ou de um camundongo. Mas acho que isso deve ser impossível.

O ogro transformou-se num camundongo e, numa fração de segundo, o gato pulou sobre ele e, como todos os gatos fazem, comeu o pequeno camundongo.

O gato, ao ouvir o ruído da carruagem passando sobre a ponte, correu para recebê-la dizendo que aquele castelo também pertencia ao marquês de Carabás.

— Este castelo também é seu, marquês? Uau! Não existe nada mais belo! — exclamou o rei.

Encantado com os belos dotes do marquês de Carabás, o rei disse:

— Neste caso, cabe ao senhor marquês decidir se deseja ou não ser meu genro.

O marquês aceitou a honra e, no mesmo dia, se casou com a princesa.

O gato de botas tornou-se um nobre e já não corria mais atrás de camundongos. A não ser para se divertir, é claro.

Cinderela

*E*ra uma vez um homem muito rico, cuja mulher havia falecido, deixando-lhe como companhia apenas uma filha. A garota era tão linda quanto uma manhã ensolarada e vivia a brincar, feliz, com seu coelhinho de pelúcia.

Mas, um dia, o tal homem resolveu se casar novamente e sua nova esposa levou para o seu lar duas filhas de corações amargos e impiedosos.

E, a partir deste dia, a pobre órfã começou a levar
uma vida repleta de sofrimentos.

– Essa menina vai ficar na sala conosco? – disseram
as duas. – Quem quiser comer, tem que merecer.
O lugar dela é na cozinha.

As duas malvadas trocaram o belo vestido
da órfã por uma roupa velha e rasgada e a levaram
para a cozinha.

Ali, a pobre menina teve que trabalhar duro.
À noite, quando já não aguentava de tanto cansaço,
era impedida de deitar na própria cama: tinha que
dormir na cozinha mesmo.

E, como a coitadinha vivia sempre no meio das cinzas* do fogão, as duas malvadas irmãs puseram-lhe o apelido de Cinderela.

* Em inglês, cinza é cinder. Daí o apelido Cinderela.

Cinderela - Perrault - 209

Um dia, o pai de Cinderela precisou fazer uma viagem e perguntou às enteadas o que queriam que trouxesse para elas.

– Lindos vestidos e pedras preciosas – disseram as irmãs.

– E, você, Cinderela? – perguntou o homem. – O que quer que eu traga de presente?

– Meu pai, traga para mim o primeiro galho de árvore que bater no seu chapéu, quando você estiver voltando para casa – disse a jovem.

O pai de Cinderela comprou belos vestidos, pérolas e pedras preciosas para as enteadas e, quando estava atravessando a cavalo um denso bosque, um galho de aveleira arrancou o seu chapéu. Então, ele cortou o galho e o levou.

Chegando à sua casa, deu às enteadas o que elas haviam pedido e à Cinderela o galho de aveleira. A jovem agradeceu e o plantou no túmulo da mãe. Depois, chorou tanto, que regou com lágrimas aquela muda. A planta cresceu e se transformou em uma linda árvore. Cinderela costumava ficar sentada à sombra daquela árvore para lembrar de sua mãe e rezar.

Certo dia, o rei mandou preparar uma grande festa, para a qual seriam convidadas todas as donzelas do país, para que o seu filho escolhesse uma noiva. Quando as duas irmãs malvadas souberam, ficaram felizes e ordenaram à órfã:

— Penteie os nossos cabelos, limpe os nossos sapatos e abotoe os nossos vestidos, pois vamos ao baile no palácio do rei.

Cinderela obedeceu, mas chorou muito, pois também queria ir ao baile e até pediu à madrasta para deixá-la ir.

– Você quer ir ao palácio do rei coberta de cinzas e poeira como está? Não tem nem vestido nem sapato que prestem e quer ir dançar no palácio? – respondeu a madrasta.

Cinderela insistiu, mas a madrasta acabou dizendo:

– Não pode ir conosco. Você nos deixaria envergonhadas. – Virou as costas e saiu com as duas filhas.

Como não havia mais ninguém na casa, Cinderela foi ao túmulo de sua mãe e, debaixo da aveleira, gritou:

– Sacode os ramos e faz assim! Que ouro e prata caiam sobre mim!

E, sem demora, uma ave lançou do alto um vestido enfeitado de ouro e prata e sapatinhos de cristal. Cinderela se vestiu, calçou os sapatinhos rapidamente e foi para a festa no palácio.

Quando a jovem apareceu na festa, tão linda e ricamente vestida, todos ficaram boquiabertos de admiração. O príncipe dançou somente com ela.

Ao amanhecer, apesar dos esforços do príncipe para detê-la, Cinderela conseguiu despistá-lo e sair da festa. Porém, um dos seus sapatos ficou preso no degrau quando ela fugiu.

O príncipe apanhou o pequeno sapato e disse ao seu pai:

– Só me casarei com a dona deste sapatinho! – E saiu procurando por aquela linda jovem, visitando todas as casas do país.

As duas filhas da madrasta de Cinderela ficaram satisfeitas quando souberam disso, pois tinham pés bonitos. Quando o príncipe apareceu na casa de Cinderela, a filha mais velha da madrasta tentou calçá-lo, mas o sapato era pequeno demais para o seu pé.

O jovem mandou, então, que a outra irmã calçasse
o sapato. A segunda irmã enfiou com facilidade os
dedos do pé no sapato, mas o calcanhar não coube.

– Não é esta a que eu quero – disse. – O senhor
não tem outra filha?

– Sim! – disse o pai de Cinderela. – Mas a
coitadinha vive suja e maltrapilha, não é possível que
ela seja a noiva.

O príncipe insistiu para que mandassem chamar a pobre menina e Cinderela teve que comparecer. Ela sentou-se e calçou o sapatinho com a maior facilidade. E, quando se levantou, o príncipe reconheceu a linda moça que havia dançado com ele na noite anterior.

– Esta é a noiva verdadeira! – exclamou ele.

A madrasta e suas filhas empalideceram de espanto e de ódio.

O príncipe pôs Cinderela em seu cavalo e partiu, levando-a.

E claro que foram felizes para sempre!

Rapunzel

ra uma vez uma mulher que estava grávida e, por uma janelinha, nos fundos da sua casa, podia avistar um magnífico jardim com as mais lindas flores e as mais viçosas hortaliças. O jardim era cercado por um muro bem alto, que ninguém se atrevia a escalar. Aquela propriedade pertencia a uma bruxa muito temida e poderosa.

Um dia, espiando pela janelinha, a mulher avistou um canteiro com belos rabanetes de folhas verdes e fresquinhas e sentiu um enorme desejo de prová-los.

Como a cada dia seu desejo aumentava, ela foi ficando triste, abatida e adoentada. A mulher, então, comentou com o marido:

— Se eu não comer um rabanete do jardim da bruxa, vou morrer de tanta vontade!

O marido, que a amava muito, começou a pensar numa maneira de conseguir pegar alguns daqueles rabanetes, a qualquer custo.

Ao anoitecer, ele pulou para o quintal vizinho, arrancou um punhado de rabanetes e levou para a mulher, que preparou uma bela salada. Ela achou os rabanetes tão gostosos, que no dia seguinte seu desejo ficou ainda mais forte. Para sossegá-la, o marido prometeu que iria buscar mais um pouco.

Quando a noite chegou, o homem pulou novamente o muro, mas levou um tremendo susto, porque em pé, diante dele, estava a bruxa. Ele tentou se explicar:

– Desculpe, minha senhora. Só fiz isso porque minha mulher está grávida e com uma enorme vontade de provar os seus rabanetes.

– Se é assim, deixo você levar quantos rabanetes quiser, mas com uma condição: irá me dar seu filho quando nascer. Cuidarei dele como se fosse meu e nada lhe faltará – concluiu a bruxa.

O homem estava tão apavorado, que concordou com a bruxa. Pouco tempo depois, a mulher deu à luz uma menina. Então, a bruxa apareceu, deu à criança o nome de Rapunzel e a levou embora.

Rapunzel cresceu e se tornou uma linda garotinha.
Quando fez doze anos, a bruxa a trancou no alto
de uma torre, no meio de uma floresta. Na torre
não havia escada nem porta, apenas uma janelinha.
Quando a velha bruxa desejava entrar, ficava
embaixo da janela e gritava:

– Rapunzel! Rapunzel! Jogue suas tranças!

Então, Rapunzel abria a janela, desenrolava as
tranças e jogava-as para fora. As tranças caíam e, por
elas, a bruxa subia como se fossem cordas.

Alguns anos depois, o filho do rei estava cavalgando pela floresta e, passando perto da torre, ouviu um canto maravilhoso. Era Rapunzel que cantava para espantar a solidão.

O príncipe procurou uma porta para subir ao alto da torre, mas não encontrou e acabou desistindo. Só que o príncipe não conseguia esquecer aquele canto, e todos os dias voltava à floresta para ouvi-lo.

Certa vez, quando o príncipe estava ali, escondido atrás de uma árvore, viu a bruxa se aproximar da torre e gritar:

– Rapunzel! Rapunzel! Jogue suas tranças!

Vendo a bruxa subir pelas tranças ele pensou:

– Então é essa a escada que me levará à dona de tão encantadora voz...

No dia seguinte, quando escureceu, o príncipe
se aproximou da torre e parou embaixo da janela.

– Rapunzel! Rapunzel! Jogue suas tranças! –
gritou ele.

As tranças caíram pela janela e ele subiu. Rapunzel
ficou assustada ao vê-lo entrar, mas o príncipe
contou como ela havia tocado o coração dele com
a sua voz. A bela garota percebeu que o amor do
príncipe era sincero. E quando perguntou se queria
se casar com ele, ela respondeu:

– Sim, quero ir com você! Só que, para eu descer, vou precisar que você traga um pouco de seda sempre que vier me ver. Com ela, trançarei uma escada.

E assim foi, até que, um dia, sem querer, Rapunzel perguntou à velha bruxa:

— Por que será que é mais difícil sustentar a senhora em meus cabelos do que o príncipe?

Furiosa, a bruxa agarrou as belas tranças de Rapunzel e as cortou. Depois, a malvada levou a jovem para um deserto para que sofresse mais ainda com a solidão.

Na tarde do mesmo dia, a bruxa prendeu as longas tranças na janela e ficou aguardando a chegada do príncipe.

Quando o jovem chamou por Rapunzel, a bruxa deixou as tranças caírem e ficou esperando.

Ao entrar, o pobre rapaz não encontrou sua querida Rapunzel, mas sim a terrível bruxa.

– Ahá! Você veio buscar a sua amada? Pois a linda avezinha não está mais no ninho, nem canta mais! E agora vou acertar as contas com você, atrevido!

Ao ouvir isso, o príncipe, desesperado, se atirou pela janela. O jovem não morreu, mas machucou os olhos e não pôde enxergar mais. Ele vagou perdido pela floresta, lamentando e chorando a perda de sua amada.

Depois de alguns anos percorrendo o mundo em busca de sua amada Rapunzel, ele chegou ao deserto onde ela vivia.

Ouvindo um canto que lhe pareceu familiar, o príncipe caminhou na direção de Rapunzel, que logo o reconheceu e se atirou nos braços dele, chorando. Duas lágrimas de Rapunzel caíram nos olhos dele e, de repente, o jovem recuperou a visão.

Muito feliz, o príncipe levou Rapunzel para o seu reino, onde foram recebidos com grande alegria e, finalmente, puderam se casar.

Índice

Andersen

Grimm

Perrault